KB195198

나건주 시집

뜰 안에 든 고라니

문학과
의식

시선집
155

나건주 시집

뜰 안에 든 고라니

달 밝은 계수나무 아래
선경의 사슴인 양
뜰 안에 든 고라니 눈 마주치자
왈츠 한 번 추지 않겠냐며
달빛 별 등에 업고
쓱 지나가네

| 시인의 말 |

시인은

천상의 구름 속

계 멋대로 집을 짓고

살아갑니다

자연 섭리

깊은 언어로 노래하는

시집을

엮어봅니다.

2024년 12월

나건주

| 차례 |

2부 도야의 꽃

3부 나 병장과 나병장

4부 스님 서정의 문 열어

5부 요동치는 사월

일러두기

1. 책에 쓰인 영문의 한글 표기는 외래어표기법에 따랐으며 일부는 저자의 의도를 반영해 예외로 두었다.

2. 쉼표와 마침표, 말 줄임표, 느낌표 등의 문장부호는 시인의 의도를 반영, 최대한 시인의 원문을 그대로 살려 표기했다.

1부
황해 여인숙

바야흐로

집 밖으로
넓은 세상으로 나오라는
선후배 친구들
잔소리 어이하나

거칠고 넓은
바야흐로
복잡계 세상

새가 되어 하늘을 날까
물고기 되어 바다를 누빌까.

별이 되어

동동거리던 별
두 팔 벌려 쏟아지는 은하수

달님마저
낙엽에 내려앉자 뒤척이는
가을 끝자락의 밤

저 높고 넓은 정원에
제 작은 별 하나 심겠다던
창백한 그녀

아스라이 깜박깜박.

황해여인숙

자연과 역사가 공존하는 강화 볼음도
마을 어귀까지 들어온 바다
해풍을 막아선 방풍림 석양을 품었고

홍수에 떠밀려와 뿌리내린
모진 세월 해풍을 견뎌낸 팔백 살 은행나무
하염없이 서해를 바라보며
맺지 못한 시간의 열매를 기다린다

피난 온 새댁 노파가 되어
빨래를 널다가 북녘 하늘 구름만 바라보네
아직도 내리지 못한 빛바랜 연서
황해여인숙 32국 6881

뒤 따라 온다던 임 기다리는지.

무슨 생각을 하는지
- 국민은 말한다

뜬구름 흘러가는
지극히 일반적인 사회에서
제멋대로의
"비상계엄"이란 현실

"국민은 힘주어 말한다."

계엄은 경제적으로 퇴보한다
일궈놓은 민주주의를 망친다
세계와 동맹국은 말이 많다

속히 정상으로 회복하라

* 정치적 시(詩)는 사양하지만,
  시집 내는 시점에 "비상계엄"이 선포되었다.

그 날을 함께 했으면

- 지과필개(知過必改)

자유시

여기까지 어떻게 왔는가?
우리 사업은 각각 분할하더라도
하늘만이 아는
그 날을 함께 했으면 하네

"지"는 언어로 화살처럼 빠르고
"과"는 허물을 뜻하며
"필"은 극으로 나눠지는 것
"개"는 반드시 고쳐야 한다네.

시월을 노래하는 오동나무

계절을 모른다는 나무를 보았냐며
시인과 여류화가 시화전 전시장에
시월의
오동잎으로
흩날리고 있었다

싯귀에 취했다는 감성적 여류화가
촉촉한 목소리로 시인을 초대하네
시월의
그 마지막 밤
오동나무 아래서.

시詩집 주고받고

시라는 언어로 서로를 들여다보며
우리를 가까이 더 야물게 하는군요
그대의
뜰 안엔 멋진
풍경들이 있네요

그대의 시집에 내 심박동 빨라지고
나의 글 고즈넉한 삶이라 하시오니
그대와
나의 심장은
가슴 하나입니다

주어진 천하를 노자가 장악했다면
그대는 대자연의 서정 풀어가네요
언덕에
두 그루 나무
연리목이 됐네요.

섬마을 늦깎이 시인

하얀 밤 덩그러니 마주한 벽난로 앞
연잎 차 구증구포[*] 고요한 깨달음은
갯벌을
채워 비우는
들물 썰물이었네

별들이 설핏설핏 껴 있는 오동나무
나뭇잎 사각사각 창가에 달려들고
희미한
가로등 아래
들쥐 잡은 고양이

내뿜는 굴뚝에서 자아를 잃었는지
먹먹한 굴뚝에서 인생을 보았는지
섬마을
늦깎이 굴뚝
꾸역꾸역 토한다.

* 구증구포(九蒸九曝) : 아홉 번 찌고 아홉 번 말린 차.

21

팔 벌린 해송

바다가 내려 보이는, 외포 항 산자락
검바위 벼랑에 엎드린 팔 벌린 해송
그 모진
풍파의 세월
용케 견뎌냈구나

목피는 거북이 등짝이요, 그 솔잎은
아이들 손가락처럼 짤막한 단엽에
수형은
휘어 비틀린
분재와도 같더라

한평생 해무 낀, 바다가 그러도 좋아
머리를 숙인 채, 날 개짓으로 주문도
오가는
여객선 사연
들여다보았느냐.

그녀의 시詩에 묻는다

- 안녕 프로메테우스*

남편은 아내를 펼쳐놓고 시를 쓴다
온몸으로 건반의 음계를 두드린다
그녀는
화음이 되어
온몸이 뜨겁단다

시집으로만 본, 그 에로틱 여류 시인
가정은 따뜻한데 왜, 춥다고 했을까
탐미적
아니, 관능적
시가 더 따뜻했나

달빛에 언, 나목의 속살 너무 시리다
나도 훔친 불을 맛보려 그녀의 시에
슬며시
발을 묻는다
안녕 프로메테우스.

* 안녕 프로메테우스 : 고경옥 시집(2014년 현대시학)

섬이 수상하다

붕새가 되어 하늘을 날고 물고기 되어 바다를 누빈다. 볼음도, 주문도, 교동도 열다섯 새끼 섬, 품어 안은 강화도 단군왕검과 고려의 나라 사천 년, 갈매기 울음이 깔린 여울목을 돌아서면 억울하게 처형당한 손돌목* 격랑의 물살을 만난다.

사천 년 세월 간직한 마니산 참성단에 오르면 춤추는 나비 7선녀도 볼 수 있고 전등사 삼랑성 대웅전 처마 끝에, 억겁의 세월 지붕 떠받치고 있는 나녀상은, 사내와 달아난 온수리 술집 애인을 저주하며, 조각한 도편수의 심보가 그려진다.

짭조름 갯바람 석모도 오르면 마애석불 눈썹바위 아래, 부처님 염화미소에 마하가섭처럼 깨달음도 얻을 수 있고, 그 아래 어부가 건져 올린 23개 나한님을 모신, 우람한 자연 석실은 어머니 자궁 같더라.

시루미산 능선 풀밭에 우람한 돌무덤 고인돌
돌속으로 고기 잡고 부싯돌로 불을 지피던, 청
동기 선조들을 만날 수 있는 유일한 통로, 주문
을 외면 선조들 금방 나타날 것 같네.

첩첩이 쌓인 낭자한 숨소리와 혼의 울림들, 사
랑도 세월도 목숨마저 출렁출렁 파도 소리에 무
늬 지어 가버렸지, 높은 만큼, 푸른 만큼, 몽유
의 눈에 우뚝 선, 보물섬 강화도라네.

* 손돌목 : 고려 때 강화도로 피난 가던 임금님께, 사공 손돌은 풍파를
피해 가자고 했으나 이에 의심을 받아 억울하게 처형되었다. 그가 처
형된 여울목을 손돌목이라 하였다.

카르페 디엠*

경기지구 청년회장 여러분! 함박눈 같은 시간
은 우리를 질투하며 녹아버립니다. 그래서 매
순간 현재를 소중히 붙잡고 살아갑니다.

회원여러분! 조직이든 사랑이든 그 무엇이든
그것을 밖에서 찾으려 하면 갈등의 상황, 안에
서 찾고자 하면 지혜입니다.

저는 한국자유총연맹 부천시 청년회장 나건주
입니다. 내년을 약속하며 건배를 제의합니다.

제가 '카르페'라고 선창하면 '디엠 청년'이라
고 힘차게 외쳐주세요.

* 카르페 디엠 : 현재를 즐기라는 뜻(청년회장 남한강 연수원에서)

2부
도야(陶冶)의 꽃

파도

그게
사랑이더냐

채근도
구걸도 하지마라

그윽한 눈으로
바라보며

조용히
기다릴 일이다.

사랑

그냥

내버려둬

아플 만큼

아프게

사랑도

모르는

그 바보

천치를.

지난날 아픔

그렇게

애쓰지 마오

웬만한 아픔은

그 자리에 놔두오

갈증에 세월 흐르면

슬픔이 기쁨 되고

지난날의 아픔

약이 됩디다

이렇게

저문 바다

도심을 떠난 강물
심연을 다스리는 자세로
흐르는 가슴에 피가 되고
넘치는 정신의 꿈이 되어
노을 속 삼매경에 젖어
염하*에 뛰어듭니다

생명체 가득한
채우고 비우는 갯벌의 섬
강화도는
내 어머니 품 안이었습니다
시심詩心의 섬에
뿌리 내리렵니다.

* 염하(鹽河) : 김포와 강화군 해협 사이의 염하 강.

저승에 보내는 영상편지
- 작은 거인 봉육용 동창에게

자유시

목소린 쩌렁쩌렁 환자도 아니었는데
아무 데도 부고하지 말라 유언을 했었다지
동창 '진서'가 세상 떠난 지 엊그젠데
또 그렇게 자네마저

어쩌면 부고도 조문도 없는
코로나의 삭막한 이승보다 고통 없는
저승이 더 평안할 수 있었겠네

시집詩集에, 몇 푼 넣었던 것이
저승길 여비 되어 마음 가볍네
하지만, 2050년 시월의 마지막 밤
저승 어귀 주막으로 '진서'와 마중 나오시게

이승과 저승, 한 고리 윤회라 했잖은가.

도야陶冶의 꽃

장마철 개천물이 흐르며 맑아지듯
세상사 스무고개 오르다 깨우치니
번뇌의
굴레를 벗은
불국정토 오려라

강풍이 일지 않아 뜰 안이 평온하고
먼지가 끼지 않아 거울도 쌩긋 웃어
가슴에
환하게 핀 꽃
도야*의 꽃 보았네.

* 도야 : 훌륭한 사람이 되도록 몸과 마음을 닦아 기름을 도기를 만드
는 일과 쇠를 주조하는 일에 비유적으로 이르는 말.

그리움 앙다물고

고려산 굽이굽이 능선에 불붙었네
까투리 날아들고 고라니 뛰어들어
제 생각
놓치지 않는
야생의 춤 한마당

럽스틱 연지곤지 짙게도 문질러댄
연분홍 진달래와 핑크빛 철쭉꽃은
맨몸을
드러내고도
수줍잖은 몸부림

그리움 앙다물고 혹한을 견뎠기에
춘삼월 이슬 성에 맨몸에 맞더라도
그렇게
차갑지마는
않으리란 느낌이.

코로나 역병

세상사 안팎으로 이리도 시끄럽나
코로나 확산 보도 온종일 스트레스
이럴 땐
뉴스도 끄고
시조나 읊어보세

코앞에 역병으로 취소된 출판기념
지인의 칠순 잔치 시화전 안타까워
사회적
거리두기에
전통문화 바뀌네

뭉쳐야 산다 했던 그 시절 사자성어
요즘엔 흩어져야 산다는 바뀐 명언
사자가
나를 찾거든
아직이라 전하오.

2020년 12월

회오리바람

새벽에 함박눈 내리는 줄 알았는데
춘삼월 몽롱한 두벌잠*에 착각했네
벚꽃은
회오리 따라
솟구쳐 오르는가

순간에 솟구쳐서 올라간 꽃잎들은
순간을 솟구치다 떨어진 꽃잎들은
바람에
떨어진 꽃잎
좋아라 하겠냐만

자연의 꽃바람은 저리도 아름답나
떨어진 꽃잎들은 저리도 안타깝나
이 가슴
확연하게도
흔들어 놓는구나.

* 두벌잠 : 깨었다가 새벽에 다시 드는 잠.

36

교동도 화개산

갈매기의 소망으로 태어난 섬마을
강화도 교동도가 망망대해였다면
이처럼
격랑의 물길
쉽게들 건넜을까

강화에 또 하나의 작은 섬 교동도라
볼거리 자랑거리 화개산, 모노레일
연산군
이곳에 계셔
뵙고서 가야겠네

내친김에 강화 여성미인 운영하는
교동 대룡시장 청춘부라보 손 대표
강화도
문협 회원의
맛깔난 떡집일세.

고우회古友會 엽서

딸내미가 엽서를 불쑥 내밀며, 아빠 고대 나왔
어? 이를 듣고 있던 주방에 마누라 주책없이 끼
어든다 고대는 무슨, 밤새 고스톱 치는 고우회지

아빠! 고우회가 고려대학 아니야? 너도 중학생
이 되면 알겠지만 고려대 고는 높을 고高자이고
그 엽서 고우회 고는, 옛 고古자로서 청소년 시
절 아빠 친구 모임이란다

아빠가 지금은 사업을 하지만 청소년 시절엔
태권도로 어깨 깡패들도 달아나는 경기 북부에
서 날렸었지 보이스카우트연맹 직업 소년 단원
과, 의정부 미군 부대 병사들도 지도했거든

아빠! 태권도는 아는데 영어도 할 줄 알아? 그
럼, 태권도의 기본 준비 자세는 말 타는 기마 자
세로서 호스모션(horse motion) 하고 외치며, 예
령과 동령으로 구령을 했고

훌쩍 뛰어넘는 고양이 후골 품새를 캣 모션(cat
motion) 하고 외치면 미군들이 아빠를 따라 했
단다 와! 우리 아빠 태권도 진짜 멋있다, 딸 녀석
의 집요함에 진땀이 났다.

친구가 된 깡패

교범* 오빠 어떡하지? 쟤들은 우리극장 매점에 자주 오는 패거리들로, 한 명은 버스 정류장 차주 아들이며, 깡패인데 처음부터 우리 뒤를 따라 왔나봐

왜? 뭔 일 있었어, 나는 뒤돌아보지 말자며 한탄강이 내려 보이는 물 탱크 방향으로 향했다 물 탱크 벽에 등을 대고 돌아서자, 그들 다섯은 1열 횡대로 앞을 막고서 담뱃불을 빌리자며 시비를 걸어온다

내 멱살을 잡은 등치 큰 놈의 명치를 기합과 동시에 주먹으로 내질렀다, 억! 하고 내 가슴에 머리를 기댄다, 이어 두 번째 놈이 뛰어든다 이 때도 대각선을 유지, 옆차기로 내 뻗어 차니 나뒹군다.

40

남은 세 놈은 순간적 상황에 당황한다. 물 탱크 벽을 이용 뒤를 주지 않았고, 다섯 놈이지만 대각선 1자를 유지하니 1대1이나 마찬가지였다

이쯤에 끝내는 게 서로에게 좋을 거야, 여기 정숙이는 무도관 후배로서 여자 꽁무니나 쫓아다니는 양아치 짓이야, 사랑이란 그윽한 눈으로 조용히 기다려주는 것으로 생각하네

그 후, 3년이 지난 1974년 육군 기갑 병장으로 만기 제대한 어느 날, 정숙이 와 그 깡패는 두 어린애를 안고 와서 하는 말이 걸작이다 그윽한 눈으로 조용히 기다렸더니, 고맙게 아들 쌍둥이까지 주더라며 손을 내민다, 하! 친구하자 했네.

* 교범 : 태권도장은 관장 아래 사범과 교범을 두었다.

3부

나 병장과 나병장

뜰 안에 든 고라니

달 밝은 계수나무 아래

선경의 사슴인 양

뜰 안에 든 고라니 눈 마주치자

왈츠 한 번 추지 않겠냐며

달빛 별 등에 업고

쓱 지나가네.

* 강화 산에서 내려온 '고라니' 가끔 당장 앞 개천에서 눈 마주치는데,
  오늘은 정원까지 내려와 시 한 수 주고 가네.

그 사유 사이

하늘 바다 육지엔
수많은 사유가 있다

갯벌을 채워 비우는
밀물과 썰물 사이
상리공생하는
조개와 게의 사이

끼룩끼룩
갈매기와 기러기
파도 사이엔
문학의 꽃
시詩가 있더라.

셔틀 외교

은근히 부아가 치미는
미, 소 군정이라는
분단의 신탁통치

푸른 눈
그대들은
75년의 고통을 아는가

그 원인을
제공한 야욕의 일제는
사죄하는 진정성을
독일에서 배우라.

문수산 박새

스님으로 보았느냐
사촌으로 보았느냐
겁 없이 날아와
내 손에 피넛을 물고가다니

너는 사람과 동일시해
만족을 얻으려는 심리적 기계
동시에 가진 것이냐

삼매경인 나를
무덤으로 보았는지
머리 어깨에 배설하고
홀연히 날아간다.

나 병장과 나병장

사무실을 뒤흔드는 전화벨 소리
넵! 전차 정비과 서무계 나 병장입니다
"뭐라고? 당장 CP*로 올라와"

근무병 안내로 황급히 들어서는데
새로 부임해 온 대대장 내 명찰을 보시더니
"자네 관등성명 다시 한번 대봐"

"충성! 나 병장입니다"
그런 나를 빤히 쳐다보시더니
갑자기 씩 웃으시며
"하긴 기갑 병장 대단하지만 말이야
성씨를 붙여서 나병장이라고 해"

"넵! 나병장 알겠습니다"
그 인연으로 가끔 커피 타임도 주시고
전역 전날은 관사로 불러
사모님의 멋진 만찬도 정겹고 감사했다

전역 후에도 인연은 계속되어
공장에 전무님이 결재를 받으려 왔다
사장님 결재 좀 부탁합니다
나는 송 전무님의 손을 꼭 붙잡으며
대대장님!
저와 둘 뿐인데 말씀 편하게 하시지요

전무님 군 시절 그때처럼 씩 웃으시며
사장님! 그런데요,
나 사장? 나사장?
어떻게 불러야 하죠,

충성 ATMC 34기 나병장 문제없습니다
대대장님 편한 데로 부르십시오.

* CP : 대대장 집무실

초대받은 봄

봄 따라 인연 따라 고창군 풍천강가
장어와 복분자주 얼큰히 내친김에
채석강
천혜의 절경
쌓인 번뇌 풀고서

남원의 변 사또와 춘향골 춘향이의
동동주 한 사발에 요천강 걷자는데
길섶에
늘어선 벚꽃
쉬어가라 붙잡네.

달아 달아 밝은 달아

해님은 국화호수 칠성교* 달님에게
한바탕 놀아보자 수작을 걸어오네
달님은
눈웃음치며
한걸음 물러선다

달님은 해님과의 거리는 두면서도
먼 길을 찾아온 기러기에게는 선뜻
호숫가
보름달 되어
갈대밭 비춰주네

팔월에 뜨는 달은 강강술래 뛰는 달
구월에 뜨는 달은 풍년가 부르는 달
"시월에
뜨는 저 달은
문풍지 바르는 달"

* 칠성교 : 국화 저수지 물이 빠지면 옛 칠성교 흔적만 남아있다.

섬은 바다의 꽃

갈매기 소망으로 태어난 섬, 교동도
이곳이 섬이 없는 망망대해였다면
강화의
거친 파도를
쉽게들 건넜을까

갈매기와 바다는 섬에 안식을 얻고
파도를 충전 강화 해협을 누비더니
붕鵬새가
되어, 만 리길
수미산 날자 하네

갈매기 파도를 타려지만 순간이며
바다는 밀물 썰물 순간의 파도더라
순간에
사랑도 있고
문학 꽃 시가 있다.

창포 꽃 터질 무렵

선녀들 창포물에 머리를 감아선지
백로들 창포물에 참회를 하여선지
강화도
국화 호수의
물은 참으로 맑다

주택가 온수에 머리 감은 부유층도
동구 밖 냇물에 머리 감은 빈곤자도
화합된
국화리 주민
다 함께~ 어화둥둥

달님도 호수에 내려앉아 함께하니
아이들 어른들도 다 함께 평화롭네
청년회
노인회원
다 함께~ 어화둥둥

* 예민 문화원 국화호수 행사장 낭송시

53

격랑의 손돌목

세월도 사랑도 출렁출렁 가버렸나
낭자한 숨소리와 영혼 속 울림들은
몽유에
눈에 우뚝 선
보물섬 강화도라

갈매기 울음 깔린 여울목 돌아서면
격랑의 손돌목을 만나는 파도였네
외포항
주문도항을
오가는 여객선아

짭조름 갯바람이 석모도에 오르면
부처님 염화미소에 '마하가섭'처럼
깨달음
얻을 수 있어
엄마 자궁 같더라.

54

노을빛 얼굴들

석모 대교를 건너 뱃길로 한 시간 남짓 짭조름 물살을 헤쳐 가면 갯벌을 보듬은 노을빛 섬들을 만나지 육지의 장사꾼들 "주문도"에 주문 받으러 갔다가, 아차 하면 "아차도"에서 거센 풍랑을 만나, 발 묶여 보름 동안 "불음도" 황해여인 숙에서 묵어가곤 한다네

오뉴월 불음도 마른 갯벌에 차오르는 들물을 바라보면, 어찌 소주 한잔 생각 아니 날까, 밴댕이 전어 백합과 상합, 은빛 자태의 숭어들이 술꾼들을 팔백 살 은행나무 쉼터에 불러놓고 풍랑에 발 묶인 술잔들 오가는데, 하염없이 서해를 바라보며 팔 벌린 은행나무 까치둥지엔 설익은 살굿빛 노을 설핏히 껴 있네.

벼랑에서

백년도 채 못 사는 천년의 걱정인가? 수술해도 평생을 약 처방 완치란 없다는데, 칠순 중반 나이에 혹여, 신경 손상에 휠체어 걱정 한탄강 건너 첩첩산중일세

16년 전, 최초 흉통으로 약물치료 한번 없이 얼떨결에 심혈관 확장 시술을 받았는데, 그 스텐트 도금 부식으로 혈관이 막혀 관상동맥 우회 수술하지 않으면, 10년 생존율 40%라고 한다네

당시 그 의사는 시술을 왜 그렇게 서둘렀을까 처음 흉통이었던 만큼 약물치료 경과를 봐가며 시술을 했어도 되는 것을, 지금쯤 시술을 했다면 스텐트 부식은 없었을 것이며, 나이에 미뤄 수술은 안 해도 될 텐데 말일세

이제 방법은, 세심한 약물치료 식생활 개선 맞춤형 운동과 성정을 다스려, 서산의 석양을 붙들고 한 10여 년, 시詩 한 편 더 쓰다가 "긴 하품 곤한 잠에 빠져" 애초의 그곳으로 가겠네.

4부
스님 서정의 문 열어

고추잠자리 1

한나절이나

사랑하고도 모자랐는지

현란한 69체위 그대로인 채

아직도 벌건 고추잠자리

고추잠자리 2

수수깡 연꽃이 붉은 것은
수수밭에 동아줄 끊어져
피 흘린 호랑이
연꽃 못에 씻어서라네

어떤 절절한 사유로
수수밭 연꽃 못을 빙빙 맴돌까
계 몸 붉은지 아는 걸까
가을 묶어 두려는가

네 품새 조금 알 것 같다.

휴양 1

세월 묶어둘 수 있다더냐
사랑한다고
가족이라고
대신 아파줄 수 있다더냐

우여곡절 휴양
세월을 앞선 피안의 번뇌
저 청명한 가을 하늘처럼
비울 수가 없어라.

휴양 2

뒤 한번 돌아보오
만족할 줄 모르는 욕심 주머니들
돌아갈 여비 주머니만 남기고
가볍게 사시구려

부와 권력 명예도
사랑마저도
몸 성해야 누리더라

잡다한 번뇌
다 잊고 산다지만
저 청명한 가을 하늘처럼
비울 수가 없어라.

재활의 요가

선정禪定을 향한 몸부림
아사나* 집중은 커다란 침묵의 세계이며
고요한 강물의 시간이기에
마음과 호흡 하나 되어 유유히 흐른다

초원을 달리는 야생마처럼
훌쩍 뛰어넘는 후굴자세** 고양이처럼
한 쌍의 유연한 나비처럼

그 유연하고 발랄해진
또 다른 나를 만나 부드러운 날갯짓으로
아늑한 불국정토에서
야생의 춤 한껏 추어볼 것이다.

* 아사나 : 인도어로 요가의 강인함을 만드는 체위.
** 후굴자세 : 고양이의 훌쩍 뛰어넘는 후굴품세.

억새

-나건주 시인에게

문광연

문학평론가, 경인교대 명예교수

고려산 낙조봉 능선에

온몸 서걱대며 우는 남자를 본적이 있는가

아픔이나 설음도 서로 어울려 기대면

저 가냘픈 억새처럼 아름다울까

생生이란 낮은 지상에 발목을 묻고

그렇게 흔들리는 것이라고

피안의 섬

고인돌 강화도는 자연과 역사에 섬
갯벌의 들물 썰물 생명체 가득한 곳
평온한
나의 어머니
가슴이었습니다

심연의 자세로 가슴 속에 피가 되고
넘치는 정신의 꿈이 되어 강화해협
노을 속
삼매경 젖어
염하炎夏에 뛰어든다.

탁란

종달새 하늘 높이 보리밭 내려 보며
망나니 뻐꾸기야 안 된다 지지배배
내 집에
알을 낳다니
넌 조상도 없느냐

호주의 막내딸은 간호사 프리랜서
글로벌 사위는 절대 안 된다 했더니
두 살 난
손녀 앞세워
내 품에 척 안기네

함께 온, 아프리카 태생의 뻐꾸기 놈
내 눈치 살살 보며 어쩔 줄 몰라 하네
막내딸
유학 가더니
선물치곤 무겁네.

고추잠자리 여정

바람결에 날아든 꽃잎인가 했더니
망사 드레스 펄럭이는 고추잠자리
사랑은
하트 그림에
덧칠하는 거라고

나들길 저수지 코스모스 신방 차려
한나절을 사랑하고도 모자랐는지
아직도
거꾸로 체위
그대로인 채, 빙빙

서늘한 물수제비 느낌이 들었는지
아, 벌써 떠나가야만 할 가을 끝자락
순간에
화두는 그냥
이대로가 좋은데.

스님 서정의 문 열어

도토리 알밤 튕겨대는 호젓한 산사
툇마루 꾸벅꾸벅 고령의 주지 스님
스님의
산책길 정서
일깨워 드렸더니

한순간 적멸의 깨우침 잊으셨는지
불사른 이승에 정념 되살아났는지
에둘러
서정의 문을
그처럼 여시는지

어이야 바람아 바람아, 가다 가다가
혹여, 다홍치마 동백 아낙 만나거든
쉿 이 잇
설한풍으로
오렴, 가을바람아.

백로와 농부

모내기 끝낸 연녹색 오월 논 자락에
농부들 물에 뜬, 빠진 모를 건져내어
농부도
백로 부부도
논바닥을 '콕, 콕콕'

농부와 백로는 간간이 고개를 들어
하늘의 검은 구름 한번 죽, 훑어보고
좌우로
곁눈질하며
더 천천히, 천천히

그렇다, 삶의 깊이를 알기 위해서는
순백의 느린 그 몸짓을 해야만 하지
긴 다리
삼보 일 배로
목줄 읊조려야지.

조개와 게

강화 볼음도 갯벌엔 백합과 상합이란 조개가 많은데, 게는 조개의 입속을 들락날락 입속에 낀, 찌꺼기 먹어치우는 착한 청소부이고, 조개는 입안에 든 게를 먹이 사슬로부터 안전하게 보호해 주는 유모라지

조개가 입속에 작은 게 한 마리, 키워 내지 못하면 결코 상합은 될 수 없지, 조개를 삶거나 구웠을 때 그 입속에 게가 들어있으면 '상합'이요, 없으면 '백합'이라네

조개와 게의 아름다운 인연의 사랑처럼, 상리 공생하는 독자들의 관심과 사랑을 받을 수 있었으면.

겨울 바다를 잡다

온통 은빛으로 눈 덮인 망월돈대, 석축까지 들어온 겨울 바다에 가볍게 던졌으나 바다는 긴장을 풀지 못한다, 낚싯줄에 수면이 베일 때마다, 버둥버둥 망둥이 퀭한 눈 애처롭다

씨알 좋은 망둥이에 손맛을 느끼고, 술이 고파 릴낚싯대 걸어 놓은 채, 황청 포구로 뛰어간다, 포구 선술집 처마에 내 걸린 인어 같은 매끈한 통통녀, 마치 풍장을 치르는 광경이다

망둥이와 초고추장에 소주 한 잔의 맛! 강화 바다에 몸을 던지려 했던 '귀천'의 천상병 시인도 느꼈을 것이다, 황급히 돌아와 릴낚시를 감는데 망둥이 두 마리가, 웬 스타킹에 감겨 지쳐있다

오전과는 달리 입질이 없어, 바닷속의 갈망과
조바심이 인다, "기다림의 미학을 깨닫고 오라
는 것인지" 뜻대로 잡히질 않는다, 아마 우리
의 삶도 이러하리라 생각하는 순간 짜릿한 전
율이다

망둥이 눈동자가 자폐아 외손주, 두 눈동자
같아 바다에 놔 주고 백구 홀로 기다릴 집으로
향하는데 자꾸만, 그 여성용 스타킹이 신경 쓰
인다.

5부
요동치는 사월

답서

염려하지 마시게
이곳 강화 인삼 막걸리 한잔에
옷 하나
더 껴입으면 된다네

덤으로의 삶
운명이라 생각하니
슬프지도
외롭지도
생사의 두려움마저
마음 편타 하겠네

다만,
자네와 늘 함께하고픈 생각
그저 안타까울 뿐.

시루미산 고인돌

강화도 시루미산 능선
돌무덤 고인돌은
선조들 만날 수 있는
유일한 통로였네

주문을 외면
조상님들 금방
나오실 것만 같은
역사의 섬이었지

세월도 사랑도
출렁출렁 파도 따라
그렇게
무늬지어 가버렸나.

요동치는 사월

백련사 길섶에 이미 절정을 넘어버린
벚꽃은 꽃비 내려 하얗고
큰 바위 옆에 산수유 꽃 저만 바라보라며
음지쪽 뒤늦게 만개한 개나리는
아직도
황화소심 난처럼 투명하여라

고려산 정상에 오르자니
장고의 세월 모진 해풍 견뎌낸 해송은
피_皮는 거북이 등짝이요, 잎은 단엽이며
수형은 휘어 비틀린 분재와 같더라
진달래와 철쭉 맨몸 달아올라 뾰족뾰족
사월의 봄 요동치는데.

몽夢

삼십 촉 백열등이 지켜보는
타원형 대문 앞에 나타난 히이힝 적토마
나의 충실한 애마가 되겠다며
두 앞발 접어 올려 머리를 꾸벅거리지 않는가

마충은 저의 주인으로는 버겁사오며
여포 또한 최강의 용장은 틀림이 없사오나
관우와 같은 주군이 아니라면,
차라리, 저를 적토마로 판타지 소설화한
원나라 작가 나관중 선생 종씨인 님이 십니다

조간신문 오토바이 소리 백구가 짖어댄다

몽이로세.

봄나들이

고려궁지를 지나
북문 오르는 벚나무 터널에
꽃비 내려 하얀데

차마 여린 꽃잎
밟을 수 없다며 뒤꿈치 들고
잘록한 허리 실룩실룩

하늘도 풀렸는지
여류 시인의 흰 갈색 머리에
속절없이 흩날린다.

콩깍지를 까며
-나건주 시인에게

장인성 시인 作

같이 쓸쓸하다고
나건주 시인이 찾아왔다
디스크를 앓고 있는 등허리가 저려오는지
가을 하늘이 기우뚱했다
들고 온 비닐봉지를 내밀며
강낭콩이라고
손수 가꾼 거라고
슬쩍 웃는 얼굴도 기우뚱했다

햇빛 환한 툇마루에 나란히 걸터앉자
마른 콩깍지를 열자
왁자지껄 쏟아져 나뒹구는 풋풋한 모습들
우리도 이처럼 풋풋할 때가 있었다고
오동통할 때가 있었다고
발가벗은 알몸으로
콩알 같은 불알을 달랑대며 뛰놀던
먼 옛날의 고샅길이
저녁 하늘에 기우뚱 걸려 있었다.

단발머리 그 누이

냉이 달래 쑥 한 줌씩 겨울 씻어내면
뚝배기 바글바글 가득한 봄 내음에
고팠던
그 보릿고개
옛 생각 절로 나네

알사탕 손에 꼭 쥐어주고 뛰어가든
빨개진 단발머리 그 누이 생각 나네
아마도
르네상스풍
흰서리 내렸겠지.

피안의 언덕

눈꽃 쏟아질 듯, 잔가지 휘어지는데
콩알만한 새, 푸드덕 은빛 털어내고
앞산에
이름 모를 새
그리 울어오는가

슬퍼 마라 울지 마라, 아파하지 마라
슬픔은 더 긴 기다림 낳느니, 차라리
내 창가
둥지를 틀어
망각에 사노라면

세상사 빗나간 너의 한 서린 슬픔과
세월을 앞선, 나의 어스름한 푸념도
피안의
언덕 조금씩
넘어설 것이라고.

손 편지 울컥했네

살갗을 에는 듯, 갯바람이 불어와도
이곳에 인삼 탁주 한 사발 불을 먹고
옷 하나
더 껴입으면
아무 탈이 없다네

추위와 무더위도 있어야 꽃이 피듯
아픔과 외로움도 있어야 인생이지
다람쥐
쳇바퀴 도는
운명처럼 말일세

세상사 적멸보궁 맡기고 왔더니만
춥지도 외롭지도 텃세도 없었다네
생사의
두려움마저
걱정할 일 없다네.

차이나 볶음 짜장
- 차이나 차이나네

신선한 야채와 해물 입안 가득하게
불맛이 느껴지는 감칠맛 볶음 짜장
차이나
차이나 네의
문장, 누가 쓰셨죠

반달눈썹을 한, 예쁜 젊은 여주인은
활짝 웃으며 당연히 제가 썼걸랑요
멋져요!
차이나처럼
시 한 번 써보세요

중국의 본토 '차이나'를 말하는 건지
다른 식당과 '차이가' 난다는 것인지
그 혼합
합성어 문구
참 재밌고 멋져요.

83

엄마의 시詩밭

종갓집 여인, 시심 그윽한 우리 엄마
그 심연의 가슴 속, 파고들어 여덟 살
늦도록
그 자양분을
실컷 빨았나보다

기뻐도 눈물을 닦으시던 울 어머니
막둥인 엄마 감성도 함께 빨았을까
엄마의
감성을 닮아
정서도 꼭 닮았나

귀촌의 사적인 섬, 또 다른 나를 만나
빨간 모자 척, 눌러쓰고 별 쏟아지는
엄마의
시 밭에 누워
별 사탕을 먹는다.

복지

요즘 내 꼴이 우습다, 늦깎이 시인이라는 어쭙잖은 정체성을 갖고, 70세 중반에 인공 연골 무릎 수술로 노년 행세를 하며 수영장에 다닌다

전철 요금 무료에 부천시 도시공사 수영장 경로 요금 1,750원에 사우나도 즐긴다 하지만 늘어나는 정부의 재정과, 고령화 시대 후세대를 생각한다면 경로 나 이를 조금 늘렸으면 싶다

젊은 시절 한때 나는 덩달아 부자들을 미워하고 이유 없이 반항했었다, 하지만, 대기업과 중소기업 부유층이 내준 세금으로 지금의 복지를 누리는 것이라면, 좀 더 겸손해야 했다

이제 와 지난날을 후회한들 "미꾸라지 이 갈기지" 무슨 소용일까마는, 우리나라 아직 더 다양한 복지 향상이었으면 싶다.

- 2020년

연 날리는 강 태공

 들물이 한껏 밀려와 바닷속 웅성웅성 릴 낚싯
줄 수면을 가르고 버둥버둥 망둥이 퀭한 눈 애
처롭다 이어, 은빛 숭어 한 마리 수면위로 끌려
오는데 저런! 제방을 낳던 강화해협 바다 독수
리 휙- 낚아챈다

 이것아, 가만있어 그리 발광하면 목구멍 더 찢
어져 낚싯줄 끊어질 듯, 휘어지는데 감고 풀기
반복으로 지치게 한다, 온몸에 땀이 날 정도로
30여 분 만에 끌어올린다, 숭어를 삼킨 독수리
목 깊숙이 낚싯바늘이 박혀 상태가 매우 안 좋다

 야생에 놔 줘도 죽을 수밖에 없는 상태다, 결
국엔 낚싯줄을 잘라내 "구강 수술 통원 치료"를
끝내고 반년을 넘는 소통과 자비심 발동으로 야
생에 풀어주니 고맙다는 듯, 한참을 빙빙 맴돌
다가 날아간다

그 정이 뭔지, 반년 동안 치유하던 너를 그
렇게 보내놓고 마음 허전해 치료하던 테라스에
독수리 연 매달아 피웠더니, 어디선가 날아든
또 한 마리! 세상에 이런 일도 있더란 말이냐
정을 찾아 분신을 찾아 홀연히 온 것이냐

공께선 어떤 심정으로 나의 분신 피울 생각 했
느냐며, 울컥했는지 고개를 주억거리다 뉘엿뉘
엿 해넘이 쫓아가네, 수리야! 우린 외적으론 다
르지만 반년이 넘도록 소통하였기에 독수리 연
매달아 피웠다마는 그렇게 훨훨 날아간 후 "시詩
한 줄에 목을 매고" 있단다.

- 2019년

나건주 시집

뜰 안에 든 고라니

발행일 2024년 12월 31일

지은이 나건주
펴낸이 안혜숙
디자인 임정호

펴낸곳 문학의식
등록 1992년 8월 8일
등록번호 785-03-01116
주소 인천광역시 강화군 강화읍 남문로 11 숭조회관 201호
        서울 중구 수표로6길 25 501호(서울 사무소)
전화 032.933.3696
이메일 hwaseo582@hanmail.net

값 10,000 원
ISBN 979-11-90121-56-9